AF400118

Les chroniques de l'éternité

Camille Esquiva

© 2023 Camille Esquiva
Édition : BoD – Books on Demand, info@bod.fr
Impression : BoD – Books on Demand, In de Tarpen 42, Norderstedt
(Allemagne)
Impression à la demande
ISBN : 978-2-3224-8296-2
Dépôt légal : Août 2023

Image de couverture : « Coucher de soleil à Port-la-Nouvelle »,
peinture à l'eau sur toile, 20x20cm, novembre 2021, Camille Esquiva.

A mes grands-parents

« *La vie, naturellement, est une vallée de larmes ;
elle est aussi une vallée de roses. C'est
indiscernable. C'est une fête et un désastre* »

*Jean d'Ormesson
de l'Académie Française*

Le secret des cathares

**Carcassonne,
27 juin 1218**

Dans les terres envoûtantes du Languedoc, au Moyen Âge, les châteaux cathares se dressaient fièrement, témoins silencieux d'un passé mystérieux. Parmi eux, Peyrepertuse, Quéribus et Cucugnan étaient les gardiens des secrets les plus profonds. Dans la belle cité de Carcassonne, se trouvaient ceux qui cherchaient à percer les mystères de ces fortifications.

Un jeune homme du nom de Victor, fasciné par les légendes entourant les châteaux cathares, décida de se lancer dans une quête audacieuse. Il avait entendu parler d'un trésor caché, connu seulement des initiés, dissimulé quelque part dans les profondeurs des montagnes du Pays cathare. Animé par la soif d'aventure et d'exploration, il se mit en route.

Sa première étape fut Lagrasse, une charmante petite ville située au pied des Corbières. Là, il rencontra, dans une cabane au fond de la forêt, un vieil érudit nommé Paul, qui lui raconta les légendes qui entouraient les châteaux cathares. Paul mentionna également Moux, un village voisin où, dit-on, se trouvaient des parchemins anciens renfermant des indices cruciaux pour trouver le trésor.

Armé de ces informations, Victor se rendit d'abord à Peyrepertuse. Il grimpa le long des sentiers rocailleux, s'enfonçant toujours plus profondément dans la forteresse. Alors qu'il explorait les passages étroits, il entendit un murmure lointain qui semblait lui susurrer des secrets. Mais malgré tous ses efforts, il ne découvrit rien qui le rapprochait du trésor.

Déterminé à ne pas abandonner, le jeune homme se dirigea ensuite vers Quéribus, perché sur une montagne escarpée. Là, il rencontra une jeune femme mystérieuse, Armélia, qui prétendait être la gardienne des connaissances cachées des Cathares.

Elle révéla à Victor l'existence d'un indice précieux, gravé dans une pierre oubliée. Avec l'aide d'Armélia, ils trouvèrent la pierre tant recherchée. Elle portait l'inscription : « Au cœur des Corbières, un chemin secret mène à la vérité. »

Pleins d'espoir, Victor et Armélia partirent ensemble pour Cucugnan, où ils espéraient trouver ce chemin secret. Ils explorèrent les environs du château, scrutant chaque recoin, jusqu'à ce qu'ils découvrent une porte dissimulée derrière une vigne sauvage. Ils l'ouvrirent prudemment et pénétrèrent dans un tunnel sombre et étroit. Ils firent un sursaut de peur lorsque des chauves-souris sortirent de leur cachette. Mais ils continuèrent leur avancée.

Le tunnel les mena à travers des passages souterrains labyrinthiques, jusqu'à ce qu'ils arrivent devant une pièce secrète, baignée de lueur mystique. Au centre de la pièce se trouvait un coffre ancien, orné de symboles cathares. Après avoir frotté la poussière se trouvant dessus, Victor et Armélia l'ouvrirent avec précaution et, à leur grande surprise, ils découvrirent un parchemin ancien révélant la véritable nature du trésor : la connaissance et la sagesse des Cathares.

Leur quête touchait à sa fin, mais ils savaient que ce trésor ne pouvait être gardé éternellement. Ils partagèrent leurs découvertes avec le monde, éclairant ainsi les esprits sur la richesse culturelle des Cathares.

Des années plus tard, les châteaux cathares continuaient d'attirer les curieux, mais cette fois-ci, ils étaient guidés par la passion de connaître plutôt que par la recherche de richesses matérielles. Les secrets des Cathares ne restaient plus enfouis, mais étaient transmis de génération en génération, rappelant ainsi leur héritage spirituel.

Ainsi, Victor et Armélia furent à jamais célébrés comme les gardiens des connaissances perdues des châteaux cathares, tandis que les fortifications médiévales continuaient de veiller sur la région du Languedoc, comme des sentinelles du passé.

La quête de Victor et Armélia les avait conduit au-delà de leur imagination, révélant des secrets profonds et des vérités intemporelles. Le trésor qu'ils avaient découvert n'était pas en or ou en pierres précieuses, mais en savoir et en compréhension, offrant ainsi une richesse bien plus précieuse et durable.

Le Fiacre

Paris, rue Soufflot
18 Décembre 1818

Jamais une manifestation sous la monarchie de 1841 n'avait entraîné autant de dégâts. Des jeunes gens, principalement des étudiants s'activaient dans la rue Soufflot, se tenant le bras, entourés de banderoles et de papiers blancs volant autour d'eux, qui étaient sans aucun doute des pétitions pour la nouvelle réforme. Tout ce rassemblement tournait autour du Panthéon, caché par un grand voile blanc avec un portrait de Jean-Georges Humann, qui avait alors ordonné une répartition de l'impôt.

Madame Élia Simonet ferma le rideau d'un geste sec, comme pour essayer de ne plus voir les manifestants. Elle était l'une de ces femmes faisant partie de la petite bourgeoisie, qui avait épousé un homme haut-placé qui subviendrait à tous ces besoins. Ce dernier, Monsieur Maurice Simonet travaillait au Ministère, et était donc contre ce genre de manifestation qu'il trouvait stupide et puérile.

Le couple n'avait pas d'enfants, beaucoup trop occupés pour en faire, disaient-ils. Ils fréquentaient des réceptions, des bals. C'était la revanche de cette femme, qui à son mariage n'avait reçu aucune dot.

- Maurice, ne crois-tu pas, que tu devrais arrêter de lire ces tracts, cela ne sert à rien

- Certainement, mais cela me permet de voir jusqu'où ces bougres peuvent aller. Ils ne comprennent pas, ils ne savent rien de la vie! dit-il, tandis qu'un petit nuage de fumée s'échappait de sa pipe.

L'hiver et le mois de décembre arrivèrent à grand pas, ainsi que l'anniversaire de Monsieur, le 26.

Elle avait déjà eu une idée de cadeau, lorsque les manifestants avaient abîmé leur fiacre. Cela avait été comme une provocation. Elle avait donc décidé de racheter un fiacre, beaucoup plus beau pour leur sorties et pour montrer leur statut de nobles.

- Mais tu es complètement folle de sortir maintenant, et ou vas-tu? lui demanda t-il

- Ne t'inquiète pas, lui dit-elle en l'embrassant sur la joue, je passe par le portillon de derrière et je ne serai pas longue.

Le feu de la cheminée sembla alors plus dense, renforcé par des petites boules de tracts jetés par Simonet.

Elia longeait le jardin du Luxembourg. Il faisait très froid, mais cela n'empêchait pas les Parisiens de venir se promener dans le Jardin et afin d'en admirer les différentes fleurs. Elle resserra son écharpe et traversa le Boulevard Saint-Michel. Les étudiants s'étant dissipés, le calme était un peu revenu. Elle arriva alors dans la Rue de Vaugirard, et s'arrêta devant un grand immeuble de style Haussmannien. Il y avait une plaque dorée avec des inscriptions.

Monsieur Guilleminot.
Vente et Fabrications de voitures hippomobiles.
Diligences – Carrosses – Fiacres
Calèches – Cabriolets

C'était ce nom qu'elle avait vu dans une annonce. Celui de la plus célèbre entreprise de fiacres, dont elle avait souvent entendue parler. Élia ouvrit la grande porte en bois vernis, et pénétra dans la boutique. Elle n'était pas très grande, mais était très accueillante. Des lampadaires diffusaient des lumières chaudes sur le parquet et sur les rideaux pourpres. Sur les murs beiges, des cadres représentaient des peintures et des photographies de plusieurs modèles d'hippomobiles.
Un léger bruit de porte se fit entendre, et un jeune homme habillé d'un complet beige apparut. Il avait les cheveux noirs, et des yeux vifs. D'apparence, il

faisait jeune, mais son regard laissait voir une certaine maturité.

- Bonjour madame. Que puis-je faire pour vous?

Claire, occupée à regarder les photographies, sursauta, et se retourna.

- Bonjour monsieur, et bien, je voudrais, acheter un fiacre. Le mois dernier, notre fiacre à été sauvagement abîmé par les manifestations, mon mari a eu beaucoup du mal à s'en remettre, et...j'aimerais donc lui en offrir un pour son prochain anniversaire.

Pendant qu'elle parlait, le jeune homme l'étudiait et l'écoutait attentivement.

-Nous pouvons dire que vous avez frappé au bon endroit! J'ai vu que vous admiriez les photos qui montrent les dernières et intenses années de travail de la maison! D'ailleurs, je ne me suis pas présenté, Monsieur Guilleminot, fils des fondateurs de la maison – il lui baisa la main- je suis ici pour vous faire acheter le meilleur fiacre que vous n'avez jamais eu, vous pouvez me faire confiance.

Élia le regarda dans les yeux. Elle eu immédiatement confiance en lui.

A ces mots, il l'emmena dans son petit cabinet qui se situait dans la boutique.

Pendant tout leur entretien, ce ne fût que rires, flatteries et complicité qui régnait dans le cabinet.

Les jours passèrent, l'hiver se faisait plus rude et les jours de fêtes arrivaient à grande vitesse. Guilleminot et Élia Simonet se voyaient toujours autant. L'achat d'un fiacre était une chose à ne pas prendre à la légère. Ils avaient d'innombrables rendez-vous et dès que Élia rentrait dans la petite boutique, ils s'enfermaient à l'intérieur pour n'en ressortir qu'en début de soirée. Ils s'appréciaient, il la flattait et elle commençait à lui parler d'elle, de sa petite vie monotone, marié à un homme riche, mais terriblement ennuyeux.

Monsieur Guilleminot décida alors de l'inviter à des soirées, à des événements. Pendant ce temps, elle racontait à son mari qu'elle lui préparait une surprise. Et au soir du 16 décembre, Madame Simonet choisit enfin le fiacre. C'était le plus cher, le plus beau, le plus grandiose. Il fallait que ce soit le plus majestueux des carrosses. Monsieur Guilleminot qui ne désapprouva pas le contraire, lui demanda de payer la somme totale de 10 000 Francs.

Élia lui paya le tout en deux jours. Elle vida tout son compte bancaire qui contenait 7 000 Francs. Elle réussit à trouver 2 000 Francs de ses étrennes et elle vendit enfin son médaillon en or pour la somme de 1 000 Francs.

Guilleminot lui écrivit sur un bout de papier que sa commande arriverait normalement le 24 décembre au plus tard. Il lui expliqua qu'elle devrait se rendre toute seule au relais de la poste, car la boutique serait ici fermée pour quelques jours : son voyage d'affaires n'attendait pas et il devait partir dès le lendemain matin.

- Mais Monsieur Guilleminot, vous ne me donnez

pas une facture? demanda Mme Simonet à la fois ravie et sceptique.

- Oh, mais ne vous inquiétez pas ma chère Élia, vous recevrez tout avec le fiacre! lui répondait-il rayonnant.

Puis, Mme Simonet repartit chez elle, et attendit le 22 décembre pour se rendre comme prévu à la poste. En cette période la Poste ne désemplissait pas. Il y avait beaucoup d'agitations et de monde. Mais comme c'était l'épouse de Monsieur Simonet, l'un des postiers l'a fit passer avant d'autres personnes qui attendaient déjà là depuis un long moment. Mais il n y avait aucune livraison pour Élia.

Pensant à un problème de transports, comme il le lui avait souvent dit, elle y retourna le lendemain, où aucune livraison n'était encore arrivée à son nom. Pendant ce temps, elle décora sa maison pour les fêtes, son mari étant toujours occupé à surveiller les manifestants, moins nombreux en cette période festive.

Le 24 décembre arriva, et rien n'était encore arrivé.

Le couple fit un réveillon, avec des amis, affirmant à son mari que son cadeau serait là le lendemain. Le souper des Simonet, d'habitude copieux, l'était moins. Mais Monsieur Simonet n'y prêtait pas attention. Le matin de Noël, les rues de Paris étaient couvertes de neige. Mme Simonet bien couverte, se rendit au relais de poste une nouvelle fois. Mais son fiacre n'était toujours pas arrivé, ni aucun courier ou facture.

Très inquiète, elle demanda alors au postier, qui n'était pas celui qu'elle connaissait:

- Je vous prie de bien vouloir m'excuser monsieur, pourriez-vous me dire l'adresse de Monsieur Guilleminot, vous savez le marchand de fiacres?

- Monsieur Guilleminot ? Le directeur de l'entreprise de fiacres ? Mais madame, il est décédé voilà 8 mois.

Un amour par-delà les tranchées

Portel des Corbières, rue du quartier neuf
21 janvier 1918

Au cœur de l'hiver 1918, la guerre faisait rage sur le front en Lorraine. Les poilus, les bombes ne cessaient pas. Dans le reste de la France, l'économie était au plus bas et la population gardait l'espoir qu'enfin cette guerre s'arrête.

L'hiver était là avec le froid et la neige. Dans le petit village de Portel des Corbières, la rivière La Berre était gelée. Certains enfants bien emmitouflés s'amusaient à essayer de patiner dessus. Quelques courageux essayaient de se promener, au milieu de la journée, lorsque les températures étaient un peu plus clémentes. Ils allaient de la forêt, en passant par les vignes, jusqu'aux restes de Notre-Dame-des-Oubiels comme pour essayer d'oublier ce qu'il se passait à ce moment-là.

Au milieu de ce tumulte, se trouvait Marie,

une jeune femme au cœur brisé, qui habitait une petite maison au centre du village. Son bien-aimé, Guillaume, électricien de profession mais aussi menuisier, avait été appelé sur le front en Lorraine.

Incertaine de leur avenir, Marie entreprit d'écrire des lettres à Guillaume, exprimant son amour et son espoir de le revoir bientôt.

Sur le front en Lorraine, Guillaume était plongé dans les horreurs de la guerre. Chaque jour, il se battait vaillamment aux côtés de ses frères d'armes, espérant revenir chez lui sain et sauf. Pendant ses moments de répit, il lisait les lettres de Marie, cherchant réconfort et espoir dans ses mots doux. Il écrivait aussi en retour, partageant ses expériences et sa conviction de revenir auprès d'elle.

Des mois passèrent, et Marie et Guillaume continuèrent à s'écrire, construisant une connexion solide malgré la distance qui les séparait. Un jour, Marie reçut une nouvelle inattendue : une permission spéciale avait été accordée à Guillaume, et il pouvait rentrer à Portel des Corbières pour quelques jours. L'excitation et l'anxiété se mêlaient dans le cœur de la jeune femme.

Le jour tant attendu arriva enfin. À la gare de Portel des Corbières, Marie attendait avec impatience. Son cœur battait la chamade tandis qu'elle cherchait le visage familier de Guillaume parmi les soldats qui descendaient du train. Et puis, elle le vit, arborant son uniforme défraîchi mais le visage radieux. Ils se jetèrent dans les bras l'un de l'autre, étreignant l'instant précieux de leurs retrouvailles.

Pendant ces quelques jours, Marie et Guillaume profitèrent intensément de chaque instant. Il lui avait rapporté un poilu qu'il avait lui-même sculpté dans une branche de noyer avec l'aide d'un petit couteau. Marie le garda précieusement et elle décida de le laisser tout le temps sur le buffet de sa petite cuisine. Leur amour semblait transcender les horreurs de la guerre. Mais le temps passa trop vite, et bientôt, Guillaume dut retourner au front. Marie le raccompagna à la gare, le cœur lourd de séparation. Ils échangèrent des promesses d'amour éternel et des adieux empreints d'une terrible tristesse.

Quelques semaines plus tard, une lettre arriva à Portel des Corbières. Marie, les mains tremblantes, ouvrit l'enveloppe. Ses yeux se remplirent de larmes alors qu'elle lisait les mots inscrits sur le papier : "Chère Marie, je t'écris ces mots depuis les tranchées, où je suis blessé. Les médecins disent que mes jours sont comptés. Je veux que tu saches combien je t'aime et combien notre temps ensemble a été précieux. « Sois forte, ma chérie, et souviens-toi de moi…. pour toujours »

Marie, le cœur brisé, décida de répondre à

Guillaume pour lui exprimer tout son amour et son soutien dans ces moments difficiles. Elle lui promit de chérir leur amour et de préserver son souvenir. Pendant des années, elle garda les lettres de Guillaume près de son cœur, se remémorant chaque instant passé avec lui.

Marie vécut une vie empreinte de l'amour qu'elle avait partagé avec Guillaume, un amour qui avait survécu à la guerre et à la séparation. Et bien des années plus tard, lorsque les habitants de Portel des Corbières évoquaient l'histoire de cet amour extraordinaire, ils se souvenaient de ces deux amants qui avaient trouvé le courage de s'aimer par-delà les tranchées, illuminant l'espoir et l'amour éternel.

Un après-midi...

Montpellier, Place de la Comédie
21 Août 2018

Pour un après-midi d'août, il ne faisait pas tellement chaud. Le soleil, malgré sa lumière brûlante n'arrivait pas à atténuer le vent marin humide qui régnait sur la ville. Énormément de monde se pressait dans les magasins de vêtements qui entouraient la place de la Comédie. Certains se dirigeaient vers le cinéma, d'autres allaient prendre le tramway qui ne désemplissait pas, mais la plupart (surtout des étudiants), étaient assis sur les nombreuses terrasses de cafés ou de brasseries pour essayer de savourer encore un peu le soleil avant la rentrée.

Le bruit de la foule, les clochettes du tramway, le son fluide de la fontaine des trois grâces...tels étaient les sons que je pouvais entendre.

J'étais assis à la terrasse d'une brasserie, juste en face de l'opéra, où j'étais en train de terminer mon café. Sur la table, il y avait le livre que je lisais en ce moment et ma tablette tactile.

Cela pouvait paraître étrange de voir un jeune homme lire de la littérature, au lieu de réviser des mathématiques, de la chimie ou de la médecine. Mais pourtant j'adorais la littérature, et ce n'était pas juste une partie de ma vie, mais ma vie toute entière.

J'avais 20 ans et j'allais rentrer à l'université pour y étudier les lettres modernes. Mon été s'était assez bien passé. J'avais passé mon permis et travaillé dans un restaurant comme serveur et je m'étais fait quelques amis. Amis qui me charriaient souvent lors de nos journées de travail : " Ah le petit littéraire! Voilà Antoine le lettré!" Telles étaient les remarques qui rythmaient mes journées. Tom, un de mes plus proches ami, s'étonnait même du fait que je n'avais jamais eu d'amoureuse. Ce dernier était étudiant dans une école de commerce et avait, chaque matin, un mal fou pour troquer son costume-cravate avec son tablier de serveur. Je n'avais jamais eu beaucoup d'amis, alors cette nouvelle amitié avec Tom, c'était un peu comme quelque chose d'inespéré. Nous avions passé nos après-midi d'été à aller à la plage de Port-la-Nouvelle ou à faire de la randonnée tôt le matin vers Peyriac-de-Mer et l'étang de Bages. Nous parlions de tout et de rien, mais aussi des histoires de cœur.

Je ne sais pas ce qu'ils en pensent les autres garçons, mais moi je n'aimerais pas sortir avec une fille que je n'aime pas. Surtout que j'étais timide, beaucoup trop timide, et je pouvais dire que j'étais aussi naïf.

Tout à coup le serveur de la brasserie vient me demander si je voulais autre chose. Après lui avoir répondu non, je me rendis compte, après avoir jeté un coup d'œil à ma montre, qu'il était déjà 16h. Cela faisait plus d'une heure que j'étais assis là. Mais je n'étais pas assis là par hasard. Non je n'étais pas venu ici juste pour le plaisir de prendre un café, ni pour contempler les touristes et les passants.

Mais cette raison pour laquelle j'attendais à cette terrasse, devenait, au fur et à mesure que les minutes passaient, ridicule et sans intérêt. Lors d'une fin de journée de travail épuisante, Tom s'était décidé (sûrement sous le coup de la fatigue et de la chaleur), à me faire rencontrer quelqu'un.

Malgré ma réticence, il était prêt à me mettre en contact avec une amie de sa sœur, par le biais d'internet. Le lendemain, il m'annonçait tout fièrement (c'était là où je m'apercevais que la chaleur et la fatigue n'y était pour rien dans sa décision) que cette fille me contacterait dans la journée sur mon profil sur un réseau social. Il ne s'était pas trompé, dès le soir-même j'échangeais des messages avec cette fameuse Flore.

Mais plus les jours passaient, et plus nos conversations prenaient le chemin de la relation affectueuse, plutôt que de la relation amoureuse.

Je n'avais pas vraiment envie de rentrer dans le jeu de Tom, et je n'avais pas non plus envie de tomber amoureux. Du moins pas de cette façon, si futile et brutale à la fois. Tout cela n'avait pas de sens, et ayant fait un peu l'expérience de la bêtise humaine, je m'attendais à ce que cette histoire se termine mal. Malgré tout, Flore m'avait donné rendez-vous pour que l'on se voit et que l'on se parle directement en tête en tête. J'avais accepté à mon plus grand étonnement, et c'était donc la raison pour laquelle j'attendais depuis plus d'une heure à cet endroit.

Tout d'abord j'avais accepté, bien sûr par gentillesse, je pensais que cela aurait été peu poli de refuser à ce moment-là, et puis, il était vrai que j'avais envie de la connaître un peu plus, puisque je ne l'avais jamais vu, même pas en photographie. Mais je n'avais pas trop misé d'espoir sur cette rencontre. Il est vrai que je n'intéressais pas grand monde, mais la curiosité de savoir à quoi ressemblait celle avec qui j'avais parlé avait été plus forte.

Plongé dans mes pensées, je fixais devant moi un groupe de jeunes filles qui se disputaient parce que l'une d'entre elles venait d'acheter la dernière robe à la mode qu'il restait au magasin. Je laissais divaguer mon regard, et je regardais alors un jeune couple qui eux aussi se disputaient, mais parce qu'ils étaient en train de compter le peu d'argent qu'il leur restait. Pris d'un élan mélancolique, je respirais bien fort, et m'appuyais davantage sur le dossier de la chaise.

J'avais souvent des moments comme cela. Tantôt j'avais une bouffée de joie qui m'emportait.

Je ne savais pas d'où elle venait, ni comment elle arrivait jusqu'à moi, mais j'en profitais dès que je le pouvais. Et après j'avais d'autres moments où c'était des bouffées de tristesse qui m'envahissaient.

Je perdais mon regard dans la lumière du soleil qui brillait sur l'eau de la fontaine.

Après tout, la vie était belle, finalement. Nous passons toujours notre temps à courir après un but précis ou à une chose incroyable, et nous croyons que cela va être le mieux pour nous.

Alors nous ne faisons plus attention à ceux qui nous entourent, aux petites choses qui font que nous sommes en vie, et qui nous rendent heureux. Je remuais frénétiquement ma tasse de café vide.

J'étais quand même nerveux. C'était aussi un autre de mes défauts. C'était seulement lorsque je lisais que je ne l'étais pas. Je rentrais dans un autre monde, avec des personnages qui ne me connaissaient pas, et alors j'oubliais le reste, tout le reste. Car je pensais que nous vivions dans un monde rapide, trop rapide pour laisser place à des sentiments réels.

Le soleil commençait à arriver sur ma table. Flore s'était décrite en quelques mots dans ses messages. J'avais appris qu'elle était brune aux yeux verts, pas trop grande, ni trop petite, et portant souvent un sac rouge.

Je me rattachais donc à ces renseignements minimes pour pouvoir la repérer quand elle rentrerait dans la brasserie. J'avais vérifié plusieurs fois, le lieu, la date et l'heure du rendez-vous pour ne pas me tromper. J'étais arrivé en avance, mais il était déjà plus de 16h.

Notre rendez-vous avait été fixé à 16h pile. Elle n'allait donc pas tarder. Heureusement que je n'avais pas trop mangé car mon estomac commençait doucement à faire des bonds. Finalement cela n'avait pas été une si mauvaise idée d'accepter ce rendez-vous, cela faisait longtemps (et même jamais) que je n'avais pas ressentis cela.

Mais au moment où un groupe de personnes bruyants entra dans la brasserie, j'aperçus un petit sac rouge au milieu de cette agitation. Mes yeux se fixèrent tout de suite sur lui. Et enfin je l'a vis. Elle s'assit à une table assez loin de moi, et appela le serveur. Elle était brune et avait les cheveux détachés. Je voyais clairement ses yeux verts foncés teintés de marron. Elle n'avait pas du me voir, ou elle ne m'avait pas reconnu. En effet, je ne m'étais pas trop décrit dans mes messages.

Mon regard était fixé sur elle, et malgré toute ma bonne volonté, il ne pouvait s'y détacher.

Mon estomac ne faisait plus des petits sauts, mais s'était transformé en véritables montagnes russes.

Je commençais à avoir chaud, et ma gorge était sèche. Mais ma tasse était vide depuis un bon moment. Elle ne m'avait toujours pas vu. Comment faire?

Je m'étais mis dans la tête que dès qu'elle serait rentrée, elle m'aurait reconnue et serait venu faire le premier pas. Maintenant, je regrettais amèrement d'avoir cru possible cette situation. Je ne pouvais pas aller la voir. Mais pourtant, il le fallait. J'avais de plus en plus soif, et je me mis à la regarder plus attentivement. Elle était habillée simplement, mais je trouvais cela très beau.

Elle était naturelle et jolie à la fois. Mes mains commençaient à trembler. Je n'avais jamais connu cela. Jamais de ma vie. C'était la première fois que je ressentais cela. La première fois que je trouvais une fille qui me plaisait vraiment.

La première fois qu'elle me plaisait vraiment rien qu'en la regardant (mais nous nous étions parlés aussi). La première fois que je tombais amoureux. Et je ne voulais pas que cette première fois s'arrête, que ce sentiment s'arrête.

C'était mieux que le fondant au chocolat de ma grand-mère, et mon lit avec tous mes coussins quand je finissais ma journée de travail. Je voulais aller lui parler, mais j'avais peur. Tellement peur. Je craignais que ce sentiment s'arrête pour toujours. Tout cela me paraissait impossible.

Je n'arrivais pas à y croire. Je me disais que mon sentiment n'allait pas être réciproque, et que toute cette joie partirait comme elle était arrivé. Je n'étais pas habitué à cela, et puis après tout j'étais presque sûr qu'elle ne me trouverait pas joli. Elle commençait à boire son verre d'eau et regardait attentivement son portable. Elle devait vouloir m'envoyer un message, mais le mien n'avait plus de batterie. Je me sentais tellement idiot. Je restais encore là, immobile, écoutant mon cœur battre plus vite que d'habitude et profitant de cet instant. Un instant volé. L'instant d'une première fois, qui n'était pour l'instant pas partagé. Et cela me rendait un peu triste.

Le serveur venait de débarrasser ma table et me priait de partir si j'avais fini de consommer, car la brasserie était remplie de monde et que des personnes voulaient s'asseoir :

- Monsieur Simonet, je suis désolé, mais vous avez réglé votre note et d'autres personnes doivent venir s'...

Je ne lui donnais pas le temps de terminer sa phrase et je me levais comme une machine, n'écoutant presque pas ce qu'il me disait. Cette fois, j'étais debout, elle me verrait sûrement. Mais son regard était figé sur son portable.

A ce moment-là j'aurais tout fait pour être un autre, juste pour que cette timidité me lâche enfin. Mais elle me verrait sans doute, et là elle viendrait.

J'essayais de me mettre au milieu de la salle, mais les serveurs me bousculèrent. Il est vrai que je devais avoir l'air ridicule, et en plus je gênais le passage. Je ne ressentais ni mon cœur, ni ma respiration.

Il fallait que j'aille la voir, lui dire que c'était moi son correspondant. Celui avec qui elle avait pris rendez-vous ici-même à cette brasserie. Et celui qu'elle croyait attendre. Il y avait désormais une urgence d'aller à sa rencontre : car si elle ne m'avait pas vu, elle croirait sûrement que je ne viendrai pas au rendez-vous.

Je prenais une grande bouffée d'air et essuyais un peu mes mains sur mon pantalon. Je commençais à me diriger vers sa table. J'avais l'impression que toute la salle me regardait et que j'étais sur la scène de théâtre. Je baissais mon regard, je sentais que mon visage était devenu rouge. Mes jambes tremblaient mais j'avançais quand même. J'arrivais plus rapidement que prévu à sa table. Elle pianotait encore sur le clavier de son téléphone portable. Cette fois, elle ne pourrait pas me rater.

J'étais à la fois hypnotisé par cet amour naissant, et tétanisé par la peur. C'était comme si mon corps ne m'appartenait plus, seules mes émotions dominaient.
Avec un courage que je n'avais jamais eu, j'appuyais doucement mes deux mains sur la table et raclais ma gorge. Est-ce qu'un son pourrait-il seulement en sortir? Flore sentit les deux mains posées sur la table, tourna la tête et me fixa.

Je fixais ses yeux et je mis un temps pour me reprendre. Je me mis à toussoter, à bafouiller mais je réussis quand même à parler mais d'une voix hésitante et timide :

- Bonjour, euh....je suis Antoine....euh....vous savez...votre correspondant sur internet.

Même moi, j'avais honte de ma voix. Mais elle me fixait toujours et elle avait l'air de ne pas comprendre. Ses yeux verts me déstabilisaient encore plus, et je ne savais pas où me mettre. J'avais des fourmis dans toutes mes jambes. Décidément, je me rappellerai de la première fois où je suis tombé amoureux. Enhardi par je ne sais quelle force, je lui reposais une question, car c'était étrange qu'elle ne comprenne pas.

- Hum....vous êtes bien Flore n'est-ce pas?

- Excusez-moi monsieur, mais je crois que vous faîtes erreur, je ne suis pas Flore. Je m'appelle Tara.

Épilogue

**Gare de Narbonne,
11 mai 2023**

Une forte sonnerie résonna dans la gare.

« Notre train numéro 2903 en provenance de Béziers et à destination de Narbonne va entrer en gare ».

Nans ferma d'un coup sec le petit livre qu'il tenait dans ses mains. Il l'avait déniché dans une bibliothèque proche de la cathédrale de Narbonne. Le temps avait filé à toute vitesse. Il en avait même oublié qu'il était assis sur le banc de la voie A et qu'il attendait son train. C'était finalement une bonne idée de lire avant de prendre son train. C'était comme si le voyage avait déjà un peu commencé.

Nans se leva. Il aperçu son train qui rentrait

en gare. Une foule de personnes commença à se précipiter et à se presser. Il jeta un œil à son téléphone portable. Son amie Marion l'attendait à Béziers et elle venait de lui envoyer un message. Il l'appellerait une fois installé dans le train.

Nans eut tout à coup l'idée de laisser son livre afin qu'une autre personne puisse le lire. Il savait que cette pratique était connue et appréciée.

Il décida de le laisser sur le banc, droit, posé sur le dossier du banc. Prêt à être récupérer par un autre lecteur ou une autre lectrice. Nans s'avança vers le train qui s'était arrêté et remis son foulard au cou en place.

Avant de monter dans le train, il se retourna, pour vérifier s'il était bien en vue. Il tourna son visage et il sourit. On voyait parfaitement le titre : « Les chroniques de l'éternité ».

TABLE DES MATIERES :